BABEL
巴别塔100

Emily Dickinson

我的河流奔向你

狄金森诗100首

〔美〕狄金森 著

徐淳刚 译

人民文学出版社
PEOPLE'S LITERATURE PUBLISHING HOUSE

图书在版编目(CIP)数据

我的河流奔向你:狄金森诗 100 首/(美) 狄金森著;
徐淳刚译. —北京:人民文学出版社,2021
(巴别塔 100)
ISBN 978-7-02-015321-3

Ⅰ.①我… Ⅱ.①狄… ②徐… Ⅲ.①诗集-美国-
现代 Ⅳ.①I712.25

中国版本图书馆 CIP 数据核字(2019)第 111798 号

责任编辑 卜艳冰 何炜宏 邰莉莉
封面设计 钱 珺

出版发行 人民文学出版社
社　　址 北京市朝内大街 166 号
邮　　编 100705
网　　址 http://www.rw-cn.com

印　　刷 上海利丰雅高印刷有限公司
经　　销 全国新华书店等

字　　数 90 千字
开　　本 889 毫米×1194 毫米 1/32
印　　张 3.625
版　　次 2021 年 2 月北京第 1 版
印　　次 2021 年 2 月第 1 次印刷

书　　号 978-7-02-015321-3
定　　价 45.00 元

如有印装质量问题,请与本社图书销售中心调换。电话:010-65233595

目录

我的轮盘在黑暗中

我的轮盘在黑暗中！
一个轮辐都看不见
但我知道它嘀嘀嗒嗒的脚
一圈一圈地向前。

我的脚踩着潮汐！
一条人迹罕至的路——
但所有的路
都是林间空地，在最后——

有的顺从了织布机——
有的在忙碌的坟墓中
得到古怪的用途——

一些新的——庄严的脚——
堂堂经过高贵之门——
把问题抛回你和我！

晨曦比以往柔和

晨曦比以往柔和——
坚果渐渐泛棕——
浆果鼓起香腮——
玫瑰不在镇中。

枫树披鲜艳头巾——
田野着深红礼服——
唯恐衣着守旧，
我佩一枚小饰物。

但愿我是，你的夏季

但愿我是，你的夏季
当夏季的日子飞逝！
你的音乐依旧，当夜鹰
和黄鹂——已无踪迹！

为你开花，跃过墓地
我所有的花处处开遍！
请采撷我吧——
秋牡丹——
你的花——永远永远！

我从未如此两入迷途

我从未如此两入迷途，
在故里。
两次，我像一个乞丐
在上帝门前站立！

天使——两次降临
补偿我的所有——
窃贼！银行家——天父！
我再次陷入贫苦！

约旦以东不远

约旦以东不远
福音教士记载
摔跤人和一位天使
打斗难分难解——

直至晨曦轻染山峦——
雅各 ① 越战越勇敢
天使恳求同意
回家——吃早餐——

不，狡猾的雅各说!
"我不会让你走
除非你保佑我"——异乡人!
天使只好点头——

阳光摇曳银羊毛
覆盖"毗努伊勒"山脉
困惑的摔跤人
已将上帝打败!

---

① 雅各（Jacob），以色列三大圣祖之一。他曾带领全家返回迦南地，走到雅博渡口与天使摔跤，天使给他改名为"以色列"。

在天之父

在天之父！
请怜悯一只老鼠
被猫追辱！
在你的天国
请给它一所"舒处"①！

在天使的美厨
整日啃噬
永远没有戒心
车轮庄严疾驰！

---

① 原文 Mansion 意思是宅邸、公寓，此处翻作"舒处"，与"鼠处"谐音，强调恩宠。

她死于游戏

她死于游戏，
她的生命，雀跃地远离
她租来的斑驳时光，
兴高采烈地旋坠到
花枝铺满的睡床上。

她的幽魂，游荡在山冈
昨天，今天，
衣裳像银羊毛——
面容如嫩枝招展。

一些东西在飞行

一些东西在飞行——
鸟儿——时光——野蜂——
它们没有悲歌哀鸣。

一些东西在安停——
悲伤——山丘——永恒——
这并非我的使命。

静默之物，升起。
我能否辨明天理?
多难解的谜!

我们有一份黑夜要忍受

我们有一份黑夜要忍受——
我们有一份黎明——
我们有至乐的空白要填补
我们有空白的嘲弄——

这边一颗星，那边一颗星，
有些，迷了方向！
这边一片雾，那边一片雾，
然后——曙光！

为每个欣喜若狂的瞬间

为每个欣喜若狂的瞬间
我们必须付出极度的痛苦
剧烈和震颤的配比
正比于我们的狂喜。

为每个心心相印的时刻
我们多年精打细算——
辛苦赚来的几个钱——
财富用眼泪堆满!

带给我盛在杯中的落日

带给我盛在杯中的落日
计算黎明的酒壶
能装多少露珠
告诉我晨光跃出多远——
告诉我织布鸟 ① 何时安休
那织着蓝天的歌手!

告诉我那新来的知更鸟
有多少欣喜的曲调
在惊诧的枝头——
乌龟多少次旅行——
蜜蜂多少杯痛饮
纵情的甘露!

还有,是谁架起了彩虹桥
还有,是谁用柔软的蓝色的嫩枝
诱导那温顺的星球?
谁的手指串起石钟乳——
谁计数长夜的贝壳念珠 ②
看似无人应有?

是谁建造这小小的阿尔班 ③ 屋
是谁紧闭窗户

----

① 织布鸟(weaver):非洲热带鸟,常常活动于草灌丛中,群集生活。
② 贝壳念珠(wampum):旧时北美印第安人的货币以及装饰品。
③ 阿尔班(Alban):公元三世纪时第一个在不列颠岛上遇害的基督教徒。

让我的灵魂无法看透?
谁会让我在欢乐的日子
华丽地飞去
超越了凡俗?

这是鸟儿归来的日子

这是鸟儿归来的日子——
如此寂寥——一只或两只——
仿佛春日迟迟。

这是天空变亮的日子
古老的——古老的六月的诡辩
蓝色和金色的迷失。

哦，欺骗不能欺骗的蜜蜂——
几乎是你的可能
诱导我的信仰。

直到成列的种子作证——
轻柔地生长，在夏日的暖意中
匆忙地生出一片胆怯的叶子。

哦，这夏日的圣光，
这薄雾笼罩中将尽的分享——
请允许一个孩子的到来。

分享神圣的祈祷——
还有被奉为圣餐的面包
还有永远的葡萄酒！

在诗人歌吟的秋天之外

在诗人歌吟的秋天之外
还有些许散淡天
稍稍地，在白雪这一侧
在薄雾那一边——

几个锋利的早晨——
几个苦行的黄昏——
别了，布莱恩特 ① 先生的"黄花"——
别了，汤姆森 ② 先生的"麦捆"

寂静的，是奔忙的溪流——
幽闭的，是芳香的心灵——
催眠的手指轻轻地触动
许多小精灵的眼睛——

也许，一只松鼠会逗留——
留下，分担我的忧郁——
哦上帝，请给我一颗晴朗的心——
来承受你多风的意志！

---

① 布莱恩特（William Cullen Bryant，1794—1878），美国第一位本土诗人，1821 年，他的首部《诗选》问世，其中有《黄色堇香花》《致水鸟》等。
② 汤姆森（James Thomson，1700—1748），英国田园诗人，于1726—1730 年发表叙事长诗《四季歌》，是欧洲最早的山水田园诗。

水，被干渴教导

水，被干渴教导
陆地——被海洋
心醉——被剧痛——
和平——被以往的战争——
爱，被哀悼的形式——
鸟，被雪

山峦乍换新衣

山峦乍换新衣——

乡村尽染赤紫——

清晨日出壮丽——

曙光深裹草地——

朱红印泥足迹——

坡上堇色手指——

苍蝇窗棂无礼——

蜘蛛重操旧艺——

雄鸡振翅——

鲜花处处——

林中斧子坎坎——

一切我一知半解——

偷窥是明理——

尼哥底母 ① 之谜

终归知悉！

---

① 尼哥底母（Nicodemus）是一个法利赛人和犹太公会的成员，才学非
凡，德高望重。他在《圣经·新约·福音书》中共出现了三次：第一次是
在夜间拜访耶稣，听耶稣的教诲；第二次是在住棚节期间陈述有关逮捕的
律法；最后一次是在耶稣受难之后，他协助亚利马太的约瑟预备埋葬耶稣。
尼哥底母之谜意即人类存在、救赎的奥秘。

尘土是唯一的秘密

尘土是唯一的秘密——
那仅有的，死亡
你无法知悉的一切
在"他故乡"

无人知道"他父亲"——
从来没一个孩子——
没有任何玩伴，
或"早年历史"——

勤劳！简明！
守时！稳重！
似强盗勇猛！
比一个舰队沉静！

建造，亦如鸟！
上帝抢劫鸟巢——
知更鸟一个个
被偷去睡觉！

当我获救，只觉迷途

当我获救，只觉迷途！
只觉世界走过！
当呼吸恢复，
只觉永恒开始包围我，
而在另一边
我听见潮水失望地退却！

我感觉，如此的返回，
航线奇怪的秘密！
有些水手，绕开异国海滨——
有些胆怯的申报人，从可怕之门
当海豹显身！

下一次，停驻！
下一次，看到的事物
见所未见
闻所未闻——

下一次，逗留，
当岁月偷偷攫取
缓缓走过百年
而罗盘依旧！

我的河流奔向你

我的河流奔向你——
蓝色的海！你是否欢迎我？
我的河流等你回答——
啊，海——看起来多仁慈，
我将从斑驳的隐秘之地
为你汇流而来——
说吧——海——接纳我！

受伤的鹿，跳得最高

受伤的鹿——跳得最高——
我听猎人说过——
那不过是死亡的欣喜——
扳机随之静默！

岩石敲击火花飞溅！
钢铁踩踏猛然跳起！
脸颊始终绯红
那是因为肺痨刺激！

欢乐是痛苦的铠甲
用它小心包裹，
免得有谁看到血迹
惊叫："你受伤了！"

以痛苦体味狂喜

以痛苦体味狂喜
犹如盲者体味太阳!
干渴欲死——怀疑
溪水在草地流淌!

思乡难耐——思乡的脚
踏着异国的海岸——
焦灼,故土萦绕——
那蔚蓝的——挚爱的天!

这至高无上的痛苦!
这非同凡响的悲叹!
隐忍的"桂冠诗人"
他们的声音——在尘世——训练——

升腾于不息的颂歌——
无声,无疑,
于我们——这神秘游吟诗人的
笨拙学子!

最终，必须认定

最终，必须认定！
最终，你身边的灯火
照见余生！

午夜过去！晨星消失！
日出飞逝！
啊，有多远的远
在我们脚间，在白天！

如果我不再活着

如果我不再活着
当知更鸟飞来，
请给系红围脖的那位
一点纪念的面包屑。

如果我无法感谢你
正如睡去般深沉，
你会知道我在努力
用我花岗岩的嘴唇！

哭是区区小事

哭是区区小事——
叹息亦如此——
然而——按习俗——照规模
我们男男女女都死去!

天空无法守护的秘密

天空无法守护的秘密！
它们告诉了山峦——
山峦，又告诉了果园——
果园——告诉了金水仙！

一只鸟——偶然——经过——
这一切，都悄悄听到了——
如果我要贿赂这小鸟——
谁知道，她会不会告诉我？

我想，我不会——然而——
还是——不知道为好——
如果夏天是一个公理——
什么魔法能使雪飘？

所以，守护你的秘密——天父！
如果我能——我不会，
探寻天蓝色的敞开，
在你新奇的世界！

清晨，是露水的住所

清晨——是露水的住所——
玉米——在中午生长——
晚餐后的光亮——为鲜花——
公爵——向夕阳！

我品尝从未酿过的烈酒

我品尝从未酿过的烈酒——
大杯大杯舀自珍珠——
并非莱茵河上所有的大桶
都盛满这样的酒精！

我——空气的酒徒——
露水的醉汉——
喧嚣——招摇于无尽的夏日——
自那炽热蓝天的客栈——

当"店主"把喝醉的蜜蜂
赶出金钟花的大门——
当蝴蝶——不再"低酌浅斟"——
我只是开怀畅饮！

直到六翼天使挥舞雪白的边帽——
圣徒们——奔向门窗——
看到那小酒鬼
歪身，倚着——太阳——

什么是"天堂"

什么是——"天堂"——
谁住在那儿——
他们是不是"农民"——
他们是否用"锄"——
他们是否知道,这是"阿默斯特"——
而我——也来了——

难道他们穿"新鞋"——在"伊甸园"——
那儿——是否总是愉悦——
他们会不会骂我们——当我们想家——
或者报告上帝,当我们发脾气——

你确信有这样一个人
像"父亲"——在天上——
以致我——在那儿——迷路——
或者做了让保姆说"该死"的事——
我不会赤脚———走"碧玉"——
赎罪的人——不会嘲笑我——
也许,"伊甸园"并非如此
像新英格兰一样寂寞!

静躺雪白光亮的石膏房

静躺雪白光亮的石膏房——
没有清晨
没有午间——
温顺的复活者安眠——
缎子的椽——石头的檐!

光阴辉煌流逝——新月——伴其上——
世界轻舀弧光——
苍穹——一行——
王冠——坠落——总督——投降——
静如齑粉——在雪的圆盘——

我们，蜜蜂和我，整日纵酒

我们——蜜蜂和我——整日纵酒——
对于我们——不全是霍克 ①——
生活自有其爱尔 ②——
但它是许多层暗淡的勃艮第 ③——
我们吟唱——欢呼——当葡萄酒——失收——

我们"喝醉了"？
去问问开怀的三叶草！
我们"殴打"我们的"老婆"？
我——还未婚配——
蜜蜂——信誓旦旦——用它精密的酒壶——
佳肴——像灌木——罩住天空下我们晃荡的头——

当莱茵河奔流——
他和我——醉狂——
先用——大桶——进而干脆用葡萄藤——
日正当午——我们干完最后一杯酒——
"发现死于"——"仙露琼浆"——
百里香旁——
一个嗡嗡的验尸官高唱！

---

① 霍克（Hock）：德国莱茵河所产的白葡萄酒。
② 爱尔（Ale）：英国乡村的麦芽酒。
③ 勃艮第（Burgundy）法国勃艮第出产的葡萄酒。

当我们站在事物的顶部

当我们站在事物的顶部——
像树一样，向下张望——
烟雾自它全部消散——
镜子在现场——

正好放射光——没有魂魄闪烁
除非一阵狂风吹过——
有一种声音，像山——站立——
没有闪电，恐吓——

完美，无所畏惧——
它们昂起勇敢的头颅，
那里别的，中午不敢走动，
通过行动来防守——

星星偶尔大胆闪耀
在一个斑驳的世界——
太阳，必定离去，以求证实
恰似将一根轴，紧紧握住——

我所知的天堂，像一顶帐篷

我所知的天堂，像一顶帐篷——
覆盖它闪光的处所——
拔下它的桩，即刻消失——
没有扯下的钉子
或者木板的声响——或者木匠——
除非远远凝视——
那卓然的显现的隐退——
在北方大地——

没有痕迹——没有虚构的东西
这眩惑的，昨天，
没有光环——没有奇迹——
人类，和功绩——
全部破灭——
像鸟儿远航
如色彩一现——
桨橹荡漾欢快——
风景随之湮灭。

暴风雨夜，暴风雨夜

暴风雨夜——暴风雨夜！
如果我和你在一起
暴风雨夜，将是
我们的狂喜！

风——徒劳无功——
心——已入港口——
不需要指南针——
不需要航海图！

泛舟，在伊甸园——
哦，大风大浪！
今晚——但愿我停泊进——
你的海港！

一缕斜光

一缕斜光，
在冬日下午——
如此压抑的重量
像大教堂曲——

来自天堂的伤害——
我们找不到痕迹，
但内心有别，
包含真意——

无人能解——任何——
那不过是绝望的印章——
一种庄严的折磨
从天而降——

当它来临，山水侧耳——
阴影——屏住呼吸——
当它离去，如同远处
死亡的神秘——

生命，如此多的结局

生命，如此多的结局！
而我——将为它——支付——
灵魂的全部收入——
经年不断的——薪酬——

一颗珍珠——让我——心动——
我会立即跳入水中——
尽管——我明白——得到它——
会付出我——整整一生！

大海汪洋——我知道！
那不会——将我的宝石隐藏！
它闪耀——非比寻常——
完好无损——在王冠上！

生命繁盛——我知道！
然而——并非拥挤的人群——
但君王——感觉得出——
沿着灰尘之路远去！

我感觉一场葬礼，在我脑中举行

我感觉一场葬礼，在我脑中举行，
吊唁之人来来回回
不断踩踏——踩踏——直到
我的感觉似乎完全分离——

当他们全部落座，
仪式开始，像面鼓——
不停敲击——敲击——直到
我想我的心就要麻木——

接着，我听见他们抬起棺椁
相同的铅靴，再一次
嘎吱嘎吱穿过我的灵魂，
然后空中——荡起了钟声，

仿佛整个天空是口钟，
而生命，不过是一只耳朵，
我，还有某种，诡异的寂静
破碎，孤独，在这儿——

然后，理性之板，折断，
我向下跌落，跌落——
每次跌落，击中一个世界，
进而——完全丧失知觉——

知更鸟是我评判乐曲的标准

知更鸟是我评判乐曲的标准——
因为我生长在——知更鸟的生长地——
但是，如果我生来像杜鹃——
我会以它的名义起誓——
那熟悉的颂歌——是中午的规则——
金凤花，我的奇想——
因为，我们同在果园怒放——
但是，如果我生在不列颠，
我会断然拒绝雏菊——
唯有坚果——匹配十月——
因为，通过它们的坠落，
四季掠过——我听说——
没有飞雪满天的可人画面
冬天，是谎言——对于我——
因为——我以新英格兰的方式观看
女王，也和我一样——
以地方性的视野辨别世界——

我是无名之辈！你是谁？

我是无名之辈！你是谁？
你也是——无名之辈？
大不了，咱们是一对！
别声张！他们会传开——你知道！

多无聊——想要——名声大噪！
多乏味——像只青蛙——
"呱呱"叫——整个六月——
对着一片赞赏的池塘！

我知道有些偏僻的小屋

我知道有些偏僻的小屋
盗贼看起来喜欢——
木栅门，
低吊窗，
通向——
门廊，
那里，两人可以爬过——
一个——拿工具——
一个——去窥视——
要确定所有人都睡去——
老式的眼睛——
难得会吃惊！

夜里，厨房看着好齐整，
仅有一只钟——
但是他们可以止住滴答声——
连老鼠都安静——
同样，墙壁——静寂——
无声——无息

一副半开的眼镜刚醒
一本年鉴便知情——
是草席——眨巴眼睛，
还是一颗神经质的星？
月亮——滑下楼梯，
去看谁在那里！

有人偷东西——瞧——
大酒杯，小汤匙——
耳环，磨刀石——
一只手表——几枚古胸针——
跟老太太很匹配——
在那儿——熟睡——

白天——也——吱嘎——
鬼祟祟——慢吞吞——
太阳已升到
第三棵悬铃木那么高——
雄鸡尖叫：
"谁在那儿哟？"

回声——火车咔嗒，
像在讥笑——"哪呀！"
那老两口，刚起床，
以为太阳出来——忘了门半开！

青铜，烈焰

青铜——烈焰——
北方——今晚——
如此充足——到来——
如此自我显现——
如此惊骇——遥远——
对于宇宙——或我——
如此神圣，视而不见
以庄严的瑕疵
将我朴素的精神感染——
直到我以宽广的胸怀——
激起我的血统——
蔑视人类，和氧气
因为他们的傲慢——

我的辉煌，是畜栏——
但他们牵强的表演
将消遣数百年
那是很久以前，当我
在杂草丛生的小岛——
没有人，只有甲虫——看见。

灵魂选择自己的伴侣

灵魂选择自己的伴侣——
然后——将门紧闭——
对于神圣的大多数——
不再显露意义——

无动于衷——她感到一辆马车——停在——
她低矮的门前——
心如止水——一个皇帝——跪在
她的门垫——

我了解她——从一个广袤的国度 ——
选择了一类——
从此——关上她的心门——
像墓碑——

他用手指摩挲你的灵魂

他用手指摩挲你的灵魂
像琴师弹奏琴键
在那激荡心弦的手指落下之前——
他让你，神迷目眩——
以你脆弱的天性
迎向幽暗之锤缥缈的打击——
你感觉旋律，忽而悠远——
忽在近前——随之，如此徐缓
让你有间隙残喘——
你的大脑——冒着冷泡——
轰然一声——晴天霹雳——
撕开你赤裸灵魂的头皮——

当风戏弄森林于股掌之中——
整个宇宙——一片寂静——

我告诉你太阳怎样升起

我告诉你太阳怎样升起——
每次，一条丝绦——
尖顶在紫水晶中漂浮——
那景象，像松鼠奔跑——
山峦松开他们的帽子——
食米鸟——开始歌唱——
于是，我轻声自语——
"那一定是太阳！"
但它如何在空中停住——我不知道——
好似有一道紫色悬梯
穿金衣的童男童女
一直攀爬，升起——
直至到达那里，
一位身着灰袍的神父
轻轻合上夜的栅门——
并将他的信徒全带走——

有人过安息日去教堂

有人过安息日去教堂——
我过安息日，在家中——
食米鸟如唱诗班领唱——
果树园，是教堂穹顶——

有人过安息日穿白法衣——
我只是穿上，天使装——
不去为礼拜仪式敲响钟，
我们的小司事——把歌唱。

一位有名的牧师，上帝讲——
布道从来不久长，
所以，不必最终上天堂——
我始终，在天堂徜徉。

挖出我的眼睛之前

挖出我的眼睛之前
我也喜欢观看——
像其他有眼睛的生物
尽管知道别无用处——

但是今天——有人告诉我——
我可以拥有自己的
天空——我告诉你我的心
将撕裂——无法承受——

我的——草甸——
我的——群山——
森林无边——星空浩瀚——
我能拥有如此之多
用我有限的双眼——

振翅翻飞的鸟——
黎明的琥珀之路——
是我的——我刮目相看——
人类的新闻让我麻木——

如此安全——试想——只有
我的灵魂栖在窗格之上——
别的生物鲁莽地——
睁着眼睛——望着太阳——

一只鸟儿飞下来踱步

一只鸟儿飞下来踱步——
它不知道我在看着——
它将一只蚯蚓啄成两半
生生吞下那家伙，

然后就近从草叶上
吮取一颗露珠——
又向墙边，纵身一跳
给一只甲虫让路——

它眼珠滴溜一转
匆忙扫视四周——
就像受惊的珠子，我想——
还抖了抖天鹅绒的头

像危险中人，那么谨慎，
我给它一点面包屑
可它展开羽毛
划向来路，那样轻捷——

好似海上船桨的划行
银光里不见缝隙——
抑或蝴蝶，从正午的岸边
飞跃，一丝浪花不溅起。

有趣，活上一个世纪

有趣——活上一个世纪——
看人们——来来回回——
我——应死得出奇——
不像他——庄重无比——

他严守——秘密——
倘若说出——何等惋惜
我们扭捏的世界将是——
宣扬的至极——

死亡赋予事物意义

死亡赋予事物意义
目光，仓皇打住
若不是死亡之物
将我们，深切恳求

望着蜡笔，或羊毛的
小手艺，入神，
"这是她的手最后做的"——
勤勤恳恳——

顶针，显得太重——
针脚——刚走到一半——
它们在衣橱架上
给灰尘布满——

我有一本书——友人馈赠——
笔迹——随处可见——
心仪处，他用铅笔做记
空白处——他的指印——

此刻——翻阅——难翻阅——
这断线的泪珠——
擦去太珍贵
刻骨铭心，无法弥补。

我去天堂

我去天堂——
那是个小镇——
红宝石——闪耀——
鹅绒路——延伸——

寂静——胜似田野
到处满缀露水——
完美——如画——
非凡尘境地

人群——像飞蛾——
梅克林①——风貌——
游丝的——职责——
棉凫的——名号——

几多——欣慰——
我——沉醉——
如此仅有的
社会——

---

① 梅克林（Mechlin），比利时北部中央一城市，昔日以产花边而闻名。
狄金森一生不曾去国远行，所以经常用异域地名来表现遥远、纯粹、新奇、
神秘的寓意。

我看不见路，天空缝合

我看不见路——天空缝合——
只觉圆柱靠拢——
地球旋转半周——
我触摸宇宙——

向后滑动——唯我一人——
球面上的一个点——
从圆周上消失——
比倾斜的钟更遥远——

七月请回答

七月请回答——
哪里是蜜蜂——
哪里是红花——
哪里是干草?

啊,七月说——
哪里是种子——
哪里是萌芽——
哪里是五月——
回答——我——

不——五月说——
让我看雪花——
让我看晚钟——
让我看松鸦!

挑剔的松鸦——
哪里是玉米——
哪里是薄雾——
哪里是野果?
在这里——年说——

穿过黑暗的泥土，像接受教育

穿过黑暗的泥土——像接受教育——
百合花一定顺利通过——
她感觉她洁白的脚——毫不惊慌——
她的信念——毫无惧色——

此后——在草地上——
摇晃她绿宝石般的铃铛——
此刻——泥土中的生活——尽被遗忘——
在幽谷中——欣喜若狂——

一些人为不朽工作

一些人——为不朽工作——
更多的——为时间——
上帝——立刻——补偿——
前者的——声名——通过检验——

黄金缓涨——但永恒——
今天的金属贵重——
对比
不朽的流通——

一个乞丐——随处可见——
比经纪商
洞察深远——
一个人的——钱——是一个人的——宝藏——

我们渐渐习惯了黑暗

我们渐渐习惯了黑暗
当灯光移远——
就像邻居掌着灯
为了在亮处说再见——

顷刻——我们不定的脚步
迈向陌生的夜晚——
随即——视线适应黑暗
安于道路——笔直如线——

而更大的——黑暗——
是大脑中的夜晚——
没有月亮显现任何标记——
或者星星——闪现其间——

最勇敢者——摸索一番——
有时撞上树干
头焦额烂——
但这可以教会他观看——

无论是黑暗改变——
抑或东西挡住视线
除非调整自身适应黑暗——
生命几乎大步向前

许多疯狂，是最神圣的理智

许多疯狂——是最神圣的理智——
对于明辨真理的眼睛——
许多理智——是最虚无的疯狂——
在此，像在很多领域
也是多数占上风——
赞同——即是明智——
反对——立刻陷入困厄——
戴上永恒的枷锁——

正是去年此时，我死去

正是去年此时，我死去。
我清楚地听见，玉米
正在扬花吐穗——
当我被人抬着，经过田地——

我想，那穗子该有多黄——
当理查德去碾磨——
当时，我想钻出去
却有什么拽住了我的神志。

还有，那一嘟嘟苹果该有多红
垂在残梗的缝隙间——
手推车绕着田野停走起伏
将那些南瓜全摘完——

我不知道，有谁还会想念我
当感恩节来临
父亲会不会多烹几道菜——
样样给我留一份——

有件东西，会不会减损
圣诞节的欢乐
那是我的袜子挂得太高
任凭哪个圣诞老人都够不着——

可这样的想法，让我难过

于是，我重打心思：
某年美好，正是此时——
他们，会来和我团聚——

我为美而死

我为美而死——几乎
还不适应坟墓
当一个为真而死的人
进了隔壁坟头——

他轻声问："为何殉身？"
"为了美"，我应着——
"我——为真理——真美本一体——
我们是兄弟"，他说——

于是，像亲人，夜相逢——
我们隔着房间交谈——
直到青苔蔓上我们的嘴唇——
将我们的姓名遮掩——

我们不在坟上游戏

我们不在坟上游戏——
因为那里没有地方——
而且——不平——倾斜
更有路人来往——

况且，把花插在坟上——
花儿垂头吊脸——
我们生怕花蕊掉下——
将漂亮的游戏打乱——

因此，我们尽量离远
就像躲避——我们的仇敌——
偶尔环顾四周，看看
到底有多远——

死亡是没有门窗的屋子

死亡是没有门窗的屋子——
它从太阳蹚进——
然后将梯子抽去
因为逃离——完毕——

它是形形色色的梦
除了人们的所作所为——
那里，松鼠嬉戏——浆果坠地——
铁杉——作揖——向上帝——

没有人能绕过绝望

没有人能绕过绝望——
像绕过一条漫无目标的路
没有人能像旅行者
快过一英里的速度——

浑然不觉的宽广——
浑然不觉的太阳
置于他的前行之上——
如此精确——唯一的一个

估量折磨——
一个人——刚刚迈步——
无知——像天使
与他一起向前走——

我没有时间恨

我没有时间恨——
因为
坟墓会阻止我——
生命并非如此充裕
可以让我
完成——恨——

我没有时间爱——
但既然
总得做点什么——
付出爱的小辛劳——
我想——这对我
太沉重——

灵魂中庄严的事物

灵魂中庄严的事物
感觉自己已经成熟——
金色的头颅低垂——尽管远处的扬起——
造物主的梯子，停住——
而在果园里，远远地——
你听见一个生命——坠地——

一种神奇——感觉到太阳
直到汗水流下脸颊
你以为已经完成——
清凉的眼睛，重要的成果——
上帝细微地——改变枝干——
为将你的精髓——看——

但是，最庄严地——去理解
你收获的机会在推进
每片阳光——靠近一点点
孤独的生命——靠近众人。

在我的花园里，一只鸟

在我的花园里，一只鸟
踩在一只飞轮上——
轮辐发出眩晕的音乐
仿佛旋转的磨坊——

它从不停息，但减缓
熟透的玫瑰——
没有分享花瓣的落下
只赞许如它自己所为——

直到品尝过每种香味——
然后它优雅的独奏
卷入更远的气层——
我再次跟上我的小狗，

它和我，让人疑惑
如果我们，确实存在——
或者这是大脑中的花园
如此稀奇难猜——

但它，最出色的逻辑学家
将刚刚颤动的花
归因于我笨拙的眼睛！
多么精妙的回答！

这世界没有结论

这世界没有结论。
一个物种伫立远处——
无形，似音乐——
但确定，如听距——
它召唤，它迷惑——
哲学——不可知——
并通过一个谜，在结尾——
卓识，一定要去——
猜测，难倒学者——
为了获得它，人类承担
世代的轻贱
而受难，显现——
信仰跌跤——欢笑，嘲戏——
羞愧，如果触目即是——
采摘证据的嫩枝——
询问风向标，方式——
许多手势，来自布道坛——
哈利路亚声声雷动——
麻醉剂无法止息，牙齿
将灵魂啃噬——

如果你能在秋天到来

如果你能在秋天到来
我会半是微笑，半是轻蔑
将夏天掸开
像主妇，将苍蝇赶开

如果一年中我能见到你
我会将月，缠进线团里——
放进不同的抽屉
以免混淆了日期——

如果只晚来，几个世纪
我会扳着指头算计
减去，直到手指全部蜷起
向着先行到死的土地

如果确定，这种相逢——
你的、我的，应该逃逸
我会弃之如果屑
寄希望于来世——

但是，现在，这不定的
期限，两可之间
像妖蜂，刺痛我——
这刺——秘而不宣。

灵魂有时扎着绷带

灵魂有时扎着绷带——
当极度惊骇而无法移动——
仿佛有魔鬼般的惊恐袭来
驻足打量她的面容——

修长的手指——向她致意——
抚弄她冰冻的发丝——
那妖怪，在情人真正的嘴唇
徘徊过的嘴唇上，吮吸——

可耻——如此卑劣的思想——
勾引——如此无瑕的——主题——

灵魂有时伺机逃跑——
当所有的大门被炸开——
她像一枚炸弹，开花四散，
不定摇摆，

像蜜蜂——心醉神迷——
长期囚禁，离玫瑰太远——
一旦自由，便忘乎所以
除了中午，和伊甸园——

灵魂有时再次争斗——
当，重刑犯被带走，
镣铐锁住带着羽翼的脚，

钉子，锁住歌喉

恐惧，再次欢迎她
这些，都不是因为舌头被碾压——

两只蝴蝶正午出游

两只蝴蝶正午出游——
在农场上跳华尔兹——
踩着蓝天直上
又在栅栏上小憩——

随后——一起飞去
来到波光闪闪的大海——
虽然在任何港口——
无人提起它们的到来——

如果远方的鸟儿说起——
如果在茫茫海上
军舰或商船遇见它们
请不要——向我谈及——

心先要求愉悦

心——先要求愉悦——
再想——免除痛苦——
接着，需要小止痛片
减轻痛楚——

然后——想要睡眠——
然后——如同审判者的意愿
要求的是
死的特权——

我打量每个，我遭遇的痛苦

我打量每个，我遭遇的痛苦
用眯缝，探索的，眼睛——
我不知道，它是否重如矿石——
或者，有着更轻的身形

我不知道，是否人们承受已久——
或者，才刚刚开始——
我无法说出，矿石的年代——
感觉痛苦，经久难支——

我不知道，它是否伤害生活——
是否人们不得不尝试——
不管——他们能否在这中间抉择——
而它不该是——死——

我注意到一些——久病之人——
最终——重绽笑脸——
好似一点微光
灯油，即将烧干——

我不知道，是否岁月层叠——
伤害——数千年——
最初的伤害——这样寂寥
能让他们，如敷膏药——

或者，他们是否依然疼痛

通过若干世纪的磨炼——
升华成一种，更大的痛苦——
可以与爱，等量齐观——

我听说——伤心——很多——
原因，各不相同——
死——只有一个——只来一次——
只攫住眼睛——

想要的苦痛——冰冷的苦痛——
人们称作"绝望"的特征——
从与生俱来的眼睛放逐——
在与生俱来的空气中——

虽然，我无法正确猜出——
是那种不堪——然而对我
它给予一种，彻骨的安慰
通过易逝的磨难——

看看十字架的——样式——
通常，人们怎样佩戴——
依然痴迷于推测
某些痛苦——如我所有——

我们学习爱的全部

我们学习爱的全部——
字母——词语——
篇章——皇皇巨作——
结果——一无所获——

可是，在彼此的眼中
我们看到一种无知——
比孩子的无知更神圣——
彼此，天真像孩子

企图解释
我们都不——理解的事——
唉，智慧如此庞大
真理——如此复杂！

诗人，据我估算

诗人——据我估算——
该列第一——然后——太阳——
然后——夏季——然后——上帝的天堂——
这——就是全部的名单——

但是，再看一遍——第一
似已囊括全体——
其余，都不必——
所以我写——诗人——一切——

他们的夏季——经年在望——
他们给的太阳——
连东方都——认为奢侈——
如果，那更遥远的天堂——

像他们——为他们的
崇拜者设想的那样美——
理智上——便太困难——
需要为梦而眠——

一种寂静的，火山般的生活

一种寂静的——火山般的——生活——
在夜晚摇撼——
当它异常黑暗地进行
除非，一无所见——

一种安然的——地震般的——方式——
微妙难辨
那不勒斯在这一边——
北方，无从发现

一种庄严的——热烈的——象征——
永不说谎的嘴唇——
嘶嘶作响的珊瑚张开——合拢——
城市——渐消渐隐——

我无法获取的色彩最美

我无法获取的色彩——最美——
这种颜色微乎其微
我难以在街市上展示——
用它换来一个基尼 ①——

如此精致——无法触及的行列——
光艳璀璨
像埃及艳后的侍女——
在天空——屡屡显现——

那些主宰的片刻
灵魂的偶遇
并且馈赠某种哀怨
太过精细——欲言又止——

热切的目光——望穿山水——
仿佛那里正好藏着
某种秘密——它们前进
像四轮马车——却在马甲中隐匿——

夏季的恳求——
冬雪的——又一种调笑——
以薄纱掩盖奥秘,

_____

① 基尼 (Guinea),英国旧时金币,诗中用货币收藏品来烘托色彩的珍贵。

怕松鼠——知道——

它们无束的举止——嘲笑我们——
直到受骗的双眼
高傲地闭起——在坟墓中——
以另一种方式——观看——

我看见月亮，绕过房间

我看见月亮，绕过房间
直到定在窗格上——
她停下——歇息——随即又赶路——
像一个旅行者那样

我望着她——像望着一个过客——
城市中的贵妇人，以为
没有粗鲁无礼
将她的酒杯——高高举起——

可是，没有一个过客
理所当然，像我一样
好奇——她没有脚——没有手——
也没有——陈规——

仅仅像颗头——一个断头台
一不小心滚下——
扮演自由的，琥珀色——
在天空中推举她——

或者，像一支无茎的花——
通过更精准的引力
在旋转的气流中孤举——
处境尴尬，堪比哲学家——

没有饥饿——也没有旅馆——

她的装扮——足矣——
没有职业——也没有利害
种种难察的隐秘

如同搅扰我们的——生活——和死亡——
是——或否——
但她似乎全神贯注于绝对——
凭借光明——和天宇——

人间审议的特权
在我眼里稀罕
当她用一片银光践行——
她跃出了我的视线——

然后——我见她在云端——
而我远远在下面
追望她的天路——
或她的高位——夜空蓝——

钟声止息，礼拜声起

钟声止息——礼拜——声起
钟声的——绝对——
齿轮——停缀——圆周挺立——
车轮的——终极。

我居住在可能之中

我居住在可能之中——
一个比散文更好的房间——
许许多多的窗——
高高——在门上面——

那雪松一般的厅堂——
眼睛难以穿行——
为了一个永恒的屋顶
天空的复折式屋顶——

访客——最冒昧——
想往——屋里闯——
我狭小的双手伸展
聚拢天堂——

生命之爱在尘世显现

生命之爱在尘世显现
不过细丝一点，我知道
归于神圣的事情
在正午弱不禁风——
责难太阳的火种——
阻止加百利 ① 的飞行——

这就是——妙曲——影响和暗示——
在漫长夏日的国度——
蒸发不确知的痛苦——
这就是——东方的迷醉——
西方的色彩转动
随着碘酒的抚痛——

这就是——邀请——惊骇——赋予——
掠过——闪烁——证明——消失——
返回——暗示——犯罪——迷狂——
最终——遗弃在天堂——

---

① 加百列（Gabriel），四大天使长之一，被誉为唯一拥有与神匹敌的力量的天使，《圣经·旧约》提及加百列坐于神的左侧。

不见了？那是什么？

不见了？那是什么？
瞧那只鸟——快跟上！
一跃一跃——不停飞掠——
盘旋于陡峭的气流——
危险！那又如何？
失败——在别处——
胜过争辩——在此处——

天蓝蓝——世界之舞——
琥珀——琥珀——露珠——露珠——
寻找——交友——探望——
苍穹为大地担忧——如此而已——
羞涩的天——你的小情人——
也自你那儿——藏起——

因为我不能停下来等死

因为我不能停下来等死——
他亲切地停下来等我——
只有我俩，和不朽——
乘着一辆四轮马车。

我们缓缓前行——他不慌不忙
而我也放弃
我的劳碌和安闲，
为了他的彬彬有礼——

我们经过学校，孩子们正在
课间休息——尽情嬉戏——
我们经过田野凝望谷物——
我们经过落日余晖——

确切而言——是他经过了我们——
那露水带来袭人的寒气——
打湿我，轻飘的披肩——
如此单薄——仅有的纱衣——

我们停在一间屋前，看似
一个隆起的地面——
檐口——在地上——
屋顶，几乎看不见——

此去——若干世纪——但却

比那天短促
我第一次猜出，马头
朝向不朽——

最具生命力的戏剧表演

最具生命力的戏剧表演
是日常的生活
它显现、规定我们——
悲剧总是别样的

当台词念毕——
这——是最好的表演
当观众星散
包厢紧关——

"哈姆雷特",还是哈姆雷特——
没有莎士比亚依然——
哪怕"罗密欧"没有留下任何记忆
和朱丽叶有关,

它是永无止息的限定
在人类的心里——
唯一的剧场见证
所有人不能关闭——

从空白到空白

从空白到空白——
一条无迹可寻的路
我拖着机械的双脚——
停息——毁灭——或前进——
都同样冷漠——

即使我抵达了终点
而它终结在
所有被显露的不定之外——
我闭上双眼——四下摸索
做一个盲者——更轻快——

透过我的窗户所见的风景

透过我的窗户所见的风景
只是一片海——一根树枝——
如果鸟儿和农夫——认为那是一棵"松"——
这看法——将对他们合适——

它没有港口，也没有"航线"——
除了松鸦——划破蓝天——
或者一只松鼠，通过令其眩晕的小岛
更容易抵达——这条路线——

对于内陆——地球在下方——
上方——是太阳——
它的贸易——如果它有贸易——
香料——我猜想——从它所散发的芬芳——

它的声音——的确有——当风在其中——
难道无声——能定义神性？
旋律的定义——仅仅意味着——
定义——一切皆空——

它——暗示着我们的信仰——
他们——则茁壮着我们的视野——
当后者——自行消退
与我隐约相遇的事物将深切相遇
那不朽——

从我窗户所见的这棵松，一个
无限时空中"高贵的伙伴"？
领悟——是上帝的前行——
从此——步入神圣——

劈开云雀，你会找到音乐

劈开云雀——你会找到音乐——
一圈一圈，银箔轧成——
在夏日清晨，如此稀薄
为你的耳朵保留，当琴弦破旧。

纵放洪水——你会得到特批——
滔滔不绝，为你预留——
血色实验！怀疑论者托马斯！
现在，你还怀疑鸟的真实？

寻找碎屑的知更鸟

寻找碎屑的知更鸟
归来悄无声息
而那女士的芳名
长存银铃般的编年史。

草丛中，一个瘦长家伙

草丛中，一个瘦长家伙
偶尔吵吵游窜——
你也许见过——不可能没有
它的到来总是突然——

草丛分开，像用梳子——
一支斑斓之箭嗖然出现——
等草在你脚边合拢
更远处的又唰唰分散——

它爱沼泽地
那里阴冷，谷物不生——
当我还是个孩子，赤脚走过——
不止一次，在黎明

它咝咝经过，好似鞭梢
散开在阳光下
我正想弯腰捡起
它却扭动身子，倏然远离——

有几种大自然的居民
我深知，它们也知悉我——
我常常为它们
感到激动，热诚如火——

可每当遇见这个东西

或结伴，或孤寂
我总是呼吸紧张
骨头悚然冒冷气——

夏日的鸟鸣之外

夏日的鸟鸣之外
哀婉地来自草丛
一个小小国度的圣礼
正隐秘地举行。

没有任何仪式
如此沉缓的优美
带来忧郁的陈规
扩散着孤寂。

日午最感古意
当八月焚烧几尽
便有这种幽咽的颂歌
作为安息的象征。

优雅仍未减色
光彩依然不见辙辙
却有神秘的差异
使自然显现更多。

三点半，一只孤鸟

三点半，一只孤鸟
飞上寂静天
抛出一个问题，单身术语
用它谨慎的旋律。

四点半，实验
通过测试
瞧，她银白的原则
取代所有的休憩。

七点半，原理
物体，无踪也无影——
精灵所在地
已在包围中。

蟋蟀吟唱

蟋蟀吟唱
夕阳下山
劳作的人们一针一线
缝合了白天。

小草含露低首
黄昏站立，如陌生人
持帽在手，优雅清新
若伫若离。

苍茫，像邻国，
智慧，埋名隐身，
安宁，似居家
如此夜来临。

通过怎样耐心的欣喜

通过怎样耐心的欣喜
我得到了麻木的祝愿
呼吸没有你的空白
为我验证如此这般——

通过那样荒凉的欣喜
我赢得的近在眼前
你那死亡的恩典
为我减免如此这般——

我们爱三月

我们爱三月——他的步履泛着紫色。
他清新高贵——
为小狗和货郎抹上一道泥浆——
让树林干爽静美——

他知道，蛇信子舔着到来
并且闪耀鳞斑——
太阳如此之近，如此炽烈——
我们的心变得活泛。

他的新鲜属于所有人——
大胆到想去死
与蓝鸟们争夺
在大不列颠的天宇——

我见过的最欣狂的鸟

我见过的最欣狂的鸟
今天踩着一根嫩枝
直到站稳了地盘
我如饥似渴，注目这美妙的景象。
无从理解的歌唱
多么熟悉的欣狂。
累了，就重返它不定的巢穴——
多美好的出乎意料
才配最完美的荣耀！

一条迅疾消逝的路线

一条迅疾消逝的路线
沿着一只车轮的旋转——
一声翡翠绿的和鸣——
一股胭脂红的蜂拥——
灌木丛上的花簇
扬起刚被碰歪了的头——
也许，是突尼斯的信使
一个安逸清晨的骤驰——

看见夏日的天空

看见夏日的天空
是诗，哪怕从未载入史中——
真正的诗无影踪——

像忧伤般难以觉察

像忧伤般难以觉察
夏日悄悄地逝去了——
如此不知不觉，简直
不像是有意离去——

黎明早早开始，
凝结出一种静谧，
或者万物耗尽自己
使午后隐退——

黄昏提前到来——
清晨的光彩难耐——
一种拘礼，悲伤的优美
像客散离席——

就这样，不用羽翼
也不劳舟楫
我们的夏日轻盈地逃走
逸入它自己的美。

在你的坟墓之中

在你的坟墓之中！
哦，不，这只是另一种飞行——
你来到人间，只为
撕裂它，说再见——

他啜饮珍贵的言辞

他啜饮珍贵的言辞——
他的精神变得坚固——
他深知他不再贫穷,
身体,也不再是尘土——

阴郁的日子他起舞
这手舞足蹈的遗赠
正是一部著作——带来何等的
自由,灵魂的放松——

离别的拍卖商

离别的拍卖商
高叫："卖了，卖了，成交！"
阵阵喊声仿佛来自十字架，
并将锤子落下——
他只拍卖荒野，
绝望是价码
从孤独的一颗心
到两颗——不会更多——

我汲饮过生命的芳香

我汲饮过生命的芳香——
付出了什么,听我说 ——
不多不少,整整一生——
他们说:市场价格。

他们称我,如尘的分量——
他们算我,微薄的重量,
然后递给我人生的价值——
一滴仙露琼浆!

有人道晚安，在夜晚

有人道晚安——在夜晚——
我道晚安——在白天——
"再见!"——去者对我说——
我依然答——"晚安!"——

于离别，正是夜晚，
于存在，只是破晓时分——
那紫色的高度本身
命名了清晨。

要造一片草原

要造一片草原，只需一株三叶草一只蜂，
一株三叶草一只蜂，
还有梦。
有梦就足够，
要是没有蜂。

一列火车驶过墓地入口

一列火车驶过墓地入口，
一只鸟儿忽放高歌，
鸣啭，振翅，颤抖歌喉
直到整个墓地唱和；

接着，它修正小音调，
再次躬身放歌。
很显然，它认为这适合
向人们说再见。